ねぇ、
ママ？

僕の
お願い！

ねぇ ママ
お願いがあるんだ

今日は
なぜかパパが
いない……

ねぇ ママ あのさぁ

こんな日になんで
パパいないんだよ……

なあに？

ママ 今日はいそがしいの

ねぇ ママ
あのさ あのさ
えっとね

はぁ……
だめだ 言えない

あら？　どうしたの？
それより
宿題は終わったの？

あ そうだね
宿題しなきゃね

あーあ
言い出せなかった……

ねぇ ママ

じつは お願いがあるんだ

僕 買い物に行きたい

言っちゃった……

どうしたの？
何を買いたいの？

オモチャはこないだパパに
買ってもらったでしょ？

違うよ
そんなんじゃないもん

ママお願い！
それ以上聞かないで！

じゃあ　なあに?
言ってごらん?
じゃないと　行かない

ママまだ洗濯も
しなきゃいけないのよ

うん ママ
それが終わったら
僕　買い物に行きたい
宿題も
もうすぐ終わるよ

ママの喜ぶ顔が
見たいんだ

だから何を買いたいの？
言わなきゃ行かないって
言ってるでしょ

言いたくない

言いたくない

言いたくない

言いたくない

明日は母の日……

僕　最初は何にも気にしてなかった

でもね
クラスのみんなも
ママにいろいろ
サプライズたくらんでるみたい

ママを驚かせたいんだ！

パパの肩もみをしてもらったおこづかいが

だいぶたまったから

だから僕 ママのために買い物ができる！

僕も急にアイデアがわいたんだ

買いたいものができちゃった

でも僕　子どもだから

ひとりで買い物に行けない

買い物に行きたいのに

どうしたらいいだろう……

ママの喜ぶ顔が
みたい！

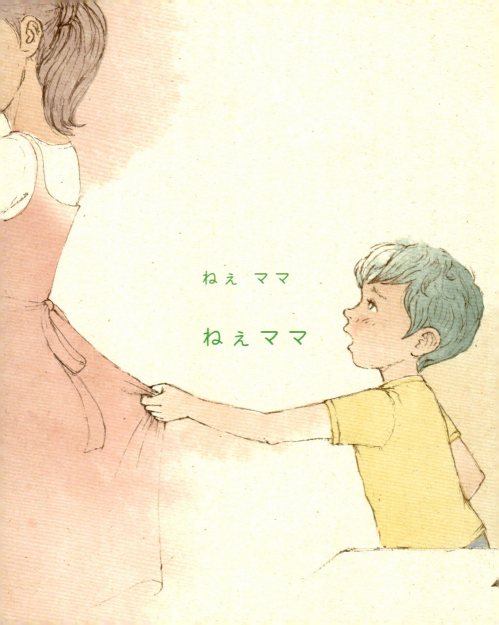

だから何!?　どうしたの!?
もっと集中しなきゃ
宿題を終えちゃいなさい

僕は悔しくって涙が出てきた

だって　言いたくないんだもん……

だけど　ママにプレゼントしたい

サプライズがしたいんだよ

でも　どうしたらいいかわからない

涙がとまらないよ……

なんで泣いてるの？
泣いてもダメよ
オモチャは買わないからね

違うよ ママ

そんなの
欲しくない

だったら
何が買いたいか教えて
それを言いなさい

もういい
何も買いたくない

僕の涙はとまらなかった

なんで？
何？
何が買いたかったの？
教えて

ママの質問はとまらない

僕はついに打ち明けた

僕はママに

母の日のプレゼントを

買いたかったんだってことを

ママは泣き出した

ママ　ごめんね

そんなつもりじゃなかったんだ

ママを悲しませるつもりじゃ

なかったんだ

ママ　ごめんね……

ママは僕を

痛いほど　ぎゅーっとした

ずっとずっと

ぎゅーってしてた

ママ　ありがとう

ママがぎゅーっとしてくれるだけで

僕は幸せになれる

ママ……

結局 ママを悲しませちゃった
だから 言いたくなかった

だって ママ
だって ママ
だって ママ ごめんね
だって ママ ありがとう

でもね ママ
僕はもう
大きくなってきたよ

僕を信じて

ママ!!

パパが帰ってきた

ママはパパに

今日の出来事を話したみたい

笑い声が聞こえる……

もう！

でも、好きだよ

ママ、パパ、

おやすみ

あとがき

「絵本」と言っても「こども」だけのものでもなく、

だからと言って「おとな」のためってわけでもなく……

ただ、これまでも長らく歌詞というものを書いてきたので、

当たり前すぎて、このように言葉にすることも少ないんですが、

いつも歌詞には僕なりの「絵」が頭に浮かんでいます。

そう「絵ハガキ」のような「ポートレート」のような。

ただ、歌詞なので僕の中の「絵」と聞き手の思い描く「絵」が

まったく違ってもそれはどちらも正解であって、

照らし合わせる必要はありません。

今回は「絵本」ということなので、

僕のポエムを具体化させていただきました。

頭の中を見られるようで少々照れくさいですが、

とっても素敵な「絵」と出会えたので

それだけでも僕はとても幸運だと思っています。

アメリカではローティーンであっても、子どもだけで

外出することは許されません。

したがって消しゴム一つ、おやつ一つであっても、

子どもだけで買い出しに出ることができないわけです。

なんとかして出かけたかったんでしょうね。

この少年の純粋な気持ち、いつまでも大切にしたいものです。

時代もどんどんデジタル書籍化していくんですが、

今回は温かみのあるリアル本です。

どうぞ手にとってお楽しみください。

最後のページにはお気に入りのお写真を！

つんく♂

1968年10月29日生まれ、大阪府出身。音楽家・総合エンターテインメントプロデューサー。1988年に「シャ乱Q」を結成。『シングルベッド』、『ズルい女』などヒット作を多数リリースする。1998年に結成した「モーニング娘。」をプロデュースし、『LOVEマシーン』などを手がけ、国民的グループへと成長させた。2025年、大阪・関西万博の地元出展に関する有識者懇話会 特別アドバイザーに就任。

なかがわ みさこ

東京都出身。イラストレーター。1980〜82年、多摩美術大学デザイン科在籍。1987〜2005年、子供絵画造形教室ARTBALLOON主宰。1991年〜イラストレーターとして活動。個展・グループ展多数。日本図書設計家協会会員。HP misako-nakagawa.com

ねぇ、ママ? 僕のお願い!

2020年6月21日　第1刷発行

[詩]　つんく♂
[絵]　なかがわみさこ

発　行　人　　島野浩二

発　行　所　　株式会社 双葉社
　　　　　　　〒162-8540　東京都新宿区東五軒町3-28
　　　　　　　☎03-5261-4835（編集）
　　　　　　　☎03-5261-4818（営業）
　　　　　　　http://www.futabasha.co.jp/（双葉社の書籍・コミックが購入できます）

印 刷 ・ 製 本　　図書印刷株式会社

ブックデザイン　　響田昭彦＋坪井朋子（一番町クリエイティブ）

編　　　　集　　片桐彫会（双葉社）　高橋朋宏（ブックオリティ）